Alexa, el hada reportera de moda

Un especial agradecimiento a Narinder Dhami

Originally published in English as
The Fashion Fairies #4: Alexa the Fashion Editor Fairy
by Orchard U.K. in 2012.

Translated by Karina Geada

ISBN 978-0-545-72359-6

13 12 11 10 9 8 7 6 5 4 3 2 1   15 16 17 18 19/0

Printed in the U.S.A.   40

First Scholastic Spanish printing, January 2015

Alexa, el hada reportera de moda

Daisy Meadows

SCHOLASTIC INC.

Palacio del Reino
de las Hadas

Desfile de Moda

CENTRO
COMERCIAL
El Surtidor

Trajes y Tiaras

MODA

HARTLEY'S

Salón
Circón Azul

Juguetería El Surtidor

Palacio de hielo de Jack Escarcha

Para subir al Café en el Cielo

ELEVADOR

Heladería

Golpe Final

Pura Comodidad

La Cuarta Estación

Más Hermosa

Bellísima

Fuente central

Quiosco de la prensa

De la moda soy el rey.
El glamour es mi ley.
Circón Azul es mi marca.
¡Todos se rinden ante el monarca!

Mis diseños algunos critican,
pero los genios nunca claudican.
Las hadas de la moda me ayudarán
y mis diseños en todas partes se verán.

Índice

Moda mágica

—¿Qué nombre le pondremos a nuestra revista de moda, Raquel? —preguntó Cristina dando golpecitos con el lápiz sobre su cuaderno de dibujo—. No se me ocurre nada.

Las chicas estaban en el hermoso jardín que rodeaba el Centro Comercial El Surtidor, un enorme edificio de cromo y cristal. Cristina se estaba quedando en casa de Raquel durante las vacaciones y la Sra. Walker las había llevado a la gran apertura del complejo de tiendas a principios de esa semana.

El día anterior, las chicas habían asistido a un taller de diseño y habían participado en un concurso. Les había gustado tanto diseñar ropa que decidieron crear su propia revista de moda. Estaban sentadas sobre una manta que habían colocado en el césped lleno de hojas rojas, amarillas y anaranjadas, rodeadas de cuadernos de dibujo y lápices de colores.

Raquel estaba terminando el boceto de
una camiseta.

—No estoy segura —respondió
mirando como caían las hojas de los
árboles—. ¿*Moda para Chicas?*

—¿Qué les parece *Modas Fantásticas*?
—sugirió el padre de Raquel. Estaba
sentado cerca, en un banco del parque,
leyendo un periódico.

—¿Y *Modas Fabulosas*? —dijo Cristina, y enseguida negó con la cabeza—. No, eso no es lo suficientemente especial. ¿Y qué tal *Moda Mágica*?

—¡Perfecto! —dijo Raquel con una sonrisa.

Se levantó con su cuaderno de dibujo para mostrarle a Cristina el boceto de la

camiseta. Era anaranjada brillante y al frente decía El Surtidor en letras doradas y rojas. También había añadido un dibujo de la espectacular fuente que estaba en medio del centro comercial.

—Me inspiré en los colores del otoño —añadió Raquel.

—Creo que debe ser nuestra portada —dijo Cristina admirando el diseño—. Y me gustaría hacerte una entrevista sobre el taller al que asistimos ayer para después escribir un artículo para la revista —añadió. Entonces, se aclaró la garganta y agarró un lápiz como si fuera un micrófono—. Y bien, Raquel —comenzó—, cuéntame qué hiciste ayer en el taller de diseño.

—Yo quería hacer un diseño muy colorido, así que

pinté un arco iris en mis jeans —explicó Raquel.

—¿Y cómo te sientes al ser una de las ganadoras del concurso y poder modelar en el desfile del fin de semana? —preguntó Cristina.

Raquel se echó a reír.

—Bueno, tú deberías saberlo —dijo sonriendo—. ¡Tú también fuiste una de las ganadoras del concurso! Tu vestido se veía precioso.

—Chicas, quizás les interese esto para su revista —dijo el Sr. Walker entregándoles un volante de propaganda que venía dentro del periódico.

Raquel y Cristina miraron el volante. Decía: "¡Viste a la moda con los diseños de CIRCÓN AZUL!". La ropa de la foto

era azul y lucía muy extraña. Mostraba una chaqueta con una sola manga y unos pantalones con una pierna más larga que la otra. También había un suéter tejido con tiras de plástico azul y un par de calcetines con un agujero para cada dedo del pie.

Las chicas se miraron horrorizadas. Sabían que Circón Azul era la marca de ropa diseñada por el inigualable Jack Escarcha.

El día de la inauguración del centro comercial Raquel y Cristina se habían encontrado con su vieja amiga Phoebe, el hada de la moda, quien las invitó a un desfile en el Reino de las Hadas. El desfile lo habían organizado las ayudantes de Phoebe, las siete hadas de la moda, que eran las encargadas de mantener la elegancia y el buen gusto en el mundo de los humanos y en el de las hadas. Pero apenas había comenzado cuando Jack Escarcha y sus duendes se aparecieron a estropear el espectáculo, modelando unos trajes azules que no tenían ni pies ni cabeza. Jack Escarcha anunció que muy pronto tanto humanos como hadas se vestirían solamente con ropa de Circón Azul y, para lograr su objetivo, él y sus duendes robaron los objetos mágicos de las hadas de la moda y se los llevaron al Centro Comercial El Surtidor.

—¡Jack Escarcha es capaz de hacer cualquier cosa para que la gente use su horrible ropa azul! —dijo Raquel—. Debemos hacer algo para detenerlo.

—Ya hemos recuperado tres de los objetos mágicos de las hadas —dijo Cristina—. Ojalá encontremos los otros antes del desfile benéfico del fin de semana.

Raquel asintió y echó a un lado una hoja de color escarlata que había caído encima de su cuaderno de dibujo. Levantó la vista y notó que ya no había tantas hojas en los árboles. Pronto llegaría el invierno.

De repente, un destello de luz le pasó por encima de la cabeza. ¿Qué fue eso? Otra hoja, brillando en el sol otoñal, caía lentamente hacia el suelo.

"Las hojas no brillan —pensó Raquel—. ¡Pero las hadas sí!".

Rápidamente, señaló la hoja brillante para que Cristina la viera.

—¡Ay! —exclamó Cristina—. ¿Será…?

Raquel se puso un dedo sobre los labios y señaló hacia su padre. El Sr. Walker estaba concentrado en el periódico y no había notado nada, así que las chicas salieron corriendo para atrapar la hoja. Unieron sus manos y la misma aterrizó suavemente entre sus palmas. Pero no era una hoja: ¡era una diminuta hada brillante! Llevaba una trenza larga y rubia, un vestido azul de cuello

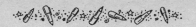

redondeado, calcetines hasta la rodilla y
zapatos de cuero marrón con un bolso a
juego.

—¡Es Alexa, el hada reportera de
moda! —susurró Raquel.

¡El último grito de la moda!

—¡Chicas, necesito hablar con ustedes!
—susurró Alexa, cuidándose de que
nadie la viera o la escuchara.

—Ocultémonos detrás del árbol
—sugirió Cristina.

Las chicas corrieron hasta el árbol y
Alexa soltó un suspiro aliviada.

—Qué alegría verlas —dijo—.
¡Necesito su ayuda para quitarles a Jack
Escarcha y a sus duendes mi pluma
mágica!

—Mira esto, Alexa
—dijo Raquel mostrándole
el volante de Circón
Azul—. Mi papá
acaba de encontrarlo
en el periódico.
Alexa asintió con tristeza.
—Jack Escarcha está
utilizando la magia de mi pluma
mágica para anunciar sus horribles
diseños —explicó el hada—. Necesito
recuperar la pluma para escribir sobre la
verdadera moda. Si no la encontramos
pronto el mundo entero terminará
usando la ropa de Circón Azul.

—Vamos a buscarla —sugirió Cristina.

Alexa saltó a esconderse en el bolsillo de Raquel y las chicas salieron de detrás del árbol.

—Papá, ¿podemos ir un rato al centro comercial? —preguntó Raquel.

El Sr. Walker levantó la vista del periódico y asintió.

—Nos vemos en el quiosco de la prensa en media hora —contestó.

Las chicas se dirigieron a la entrada del centro comercial. Cuando estaban acercándose a la puerta se les cruzó en el camino una mujer en una bicicleta. Tenía la cara roja como un tomate y su cabello negro revoloteaba al viento.

—¡Qué prisa tiene! —murmuró Raquel.

La mujer saltó de la bicicleta, la recostó en el caballete y agarró el bolso que traía en la cesta. Pero entonces el bolso se cayó y todo se desparramó en el suelo.

—¡Ay, no! —gimió la mujer.

Raquel y Cristina se acercaron para ayudarla a recoger las cosas.

—Muchas gracias —dijo la mujer mientras Raquel le alcanzaba el teléfono celular—. ¡He tenido una mañana tan horrible! El despertador no sonó y después no encontraba mi cuaderno. Cuando lo encontré ya se me había hecho demasiado tarde y, para colmo, un neumático de la bicicleta no tenía aire

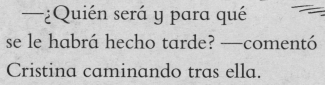

—suspiró—. Gracias de nuevo, chicas —dijo agarrando el bolso y entrando a toda prisa al centro comercial.

—¿Quién será y para qué se le habrá hecho tarde? —comentó Cristina caminando tras ella.

Raquel no respondió. Estaba mirando una de las grandes pantallas de televisión del centro comercial. Un anuncio mostraba modelos con trajes azules como los del volante del periódico.

—¡Otra vez Circón Azul! —dijo Raquel.

Las chicas echaron un vistazo

alrededor y se quedaron consternadas al notar que en todas las pantallas estaban pasando el mismo anuncio. Y no solo eso, por los altavoces del centro comercial también se anunciaba la marca.

"¡CIRCÓN AZUL! —retumbó una voz—. La colección EXCLUSIVA para los amantes de la moda".

—¡Los diseños de Jack Escarcha están por todas partes! —dijo Cristina con cara de preocupación.

Mientras las chicas caminaban entre la multitud se percataron de que todas las vidrieras del centro comercial exhibían ropa de Circón Azul y que, para colmo, también había un  montón de compradores admirando los diseños.

—Debe de haber alguien a quien no le guste la ropa de Jack Escarcha —dijo Cristina—. Tal vez deberíamos entrevistar a los compradores para nuestra revista. ¿Ves a alguien conocido, Raquel?

Raquel miró a su alrededor.

—¡Hay muchísima gente! —dijo—. Vayamos a buscar la pluma mágica de Alexa y estoy segura de que encontraré a algún conocido que podamos entrevistar.

Las chicas continuaron caminando, decididas a encontrar la pluma mágica.

—Mira, ahí están Jodie Allen y su familia. Jodie está en mi clase —dijo Raquel de repente.

Jodie estaba con su mamá, su hermanito, su hermana mayor y su abuela, y Raquel los conocía a todos. Estaban mirando una de las vidrieras con ropa de Circón Azul. Las chicas se acercaron.

—Hola, Jodie —dijo Raquel con una sonrisa—. Mi amiga Cristina y yo estamos haciendo nuestra propia revista de moda y queríamos saber si nos pueden dar su opinión sobre sus marcas de ropa favoritas.

—Oh, eso es fácil, Raquel —respondió Jodie sonriendo—. ¡A todos nos gusta Circón Azul!

—¿A todos? —repitió Raquel asombrada.

—¡Por supuesto! —afirmó la Sra. Allen—. La colección es preciosa y única. Además, le queda bien a todo el mundo, no importa la edad que tengas.

—¿Y qué otras marcas les gustan? —preguntó Cristina.

—Ya no nos gusta ninguna otra marca que no sea Circón Azul —añadió la Sra. Allen.

—Mis amigos solo usan ropa de Circón Azul —dijo la hermana de Jodie—. ¡Es el último grito de la moda!

—Hasta Jake la adora —dijo Jodie, sonriéndole a su hermanito—, y él sí que no sabe nada de moda.

—Creo que me voy a comprar eso —dijo la abuela de Jodie señalando un abrigo azul que se exhibía en la vidriera. Tenía las mangas extremadamente largas, el dobladillo disparejo y botones pegados por todas partes—. ¿Qué les parece?

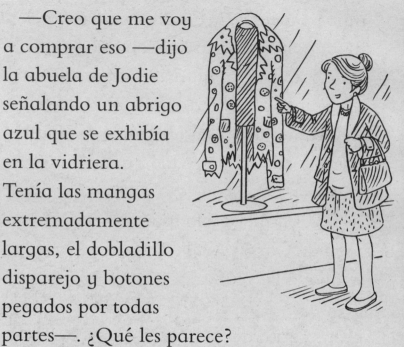

—¡Bello! —respondió al unísono toda la familia.

—Gracias por darnos su opinión —dijo Raquel cortésmente, y se alejó con su amiga.

—¡Están fascinados con Circón Azul! —murmuró Cristina—. ¡Qué horror!

En ese momento, Alexa se asomó por el bolsillo de Raquel.

—¡Y será peor si no encontramos mi pluma! —dijo.

Las chicas recorrieron varias tiendas, entre ellas una papelería, una tienda por departamentos y una boutique. De pronto vieron a un grupo de personas que se aglomeraba frente a ellas. Las personas miraban hacia una enorme pantalla de televisión, la más grande del centro comercial.

—¡Mira! —exclamó Cristina al reconocer el rostro que acababa de aparecer en la pantalla—. ¡Es Emma McCauley!

Las chicas habían conocido a la famosa diseñadora de moda en el taller de diseño del día anterior. Les había caído de maravillas y también adoraban todas sus creaciones.

"Lean una entrevista exclusiva con Emma McCauley en la próxima edición de *Al día con la moda de El Surtidor*", decía el anuncio de la televisión.

Alexa se volvió a asomar por el bolsillo.

—¡Por fin algo que no es Circón Azul! —susurró con una sonrisa.

Pero de pronto, el anuncio cambió y apareció otro rostro en la pantalla. Era una mujer de cabello largo y negro.

Cristina y Raquel la reconocieron inmediatamente.

—¡Es la mujer de la bicicleta! —dijo Cristina.

—Bienvenidos al canal de moda El Surtidor —dijo la mujer sonriendo—. Soy Nicki Anderson, la nueva reportera de moda, y hoy estamos transmitiendo en vivo desde el centro comercial para hablar de la marca que está tomando al mundo por sorpresa: Circón Azul.

Las chicas se miraron preocupadas.

—Me acompaña uno de los modelos de Circón Azul —continuó Nicki.

En ese momento la cámara se movió para enfocar a una persona parada junto a ella. Raquel y Cristina apenas lo podían creer cuando vieron a un duende sonriendo con arrogancia.

Nicki necesita ayuda

El duende vestía una chaqueta y unos
pantalones llenos de parches en diferentes
tonos de azul. La multitud de personas
frente a la televisión gritaba y aplaudía
eufórica mientras el duende recorría la
pasarela de un lado a otro.

—¡Te ves espectacular! —dijo Nicki—.

Ahora dinos, ¿por qué Circón Azul se ha vuelto tan popular?

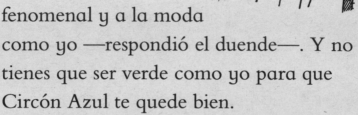

—Porque todo el mundo quiere lucir tan atractivo, fenomenal y a la moda como yo —respondió el duende—. Y no tienes que ser verde como yo para que Circón Azul te quede bien.

El público estalló en carcajadas.

—¿Y *por qué* eres verde? —preguntó Nicki.

—Es pintura para la cara —explicó rápidamente el duende—. ¡Está muy de moda!

Raquel y Cristina observaban como poco a poco iban apareciendo más duendes en la pantalla, modelando

extravagantes trajes azules, mientras
el público los elogiaba y aplaudía
alborotado.

—¡Quiero uno de esos trajes de
parches! —dijo un niño que estaba al
lado de Raquel.

—Yo también —dijo otro niño—. Me
encanta Circón Azul.

Cristina no le quitaba la vista al televisor.

—Mira, Raquel —murmuró. Los
duendes modelaban, daban una vuelta,
mostraban sus trajes y luego corrían
hasta una tienda que se veía detrás de
Nicki Anderson—. Reconozco esa tienda
—agregó Cristina—. Es Papel y Tinta.

—¡Ese sería el sitio perfecto para
esconder mi pluma mágica! —susurró
Alexa.

—Pues vamos para allá —dijo Raquel.

Las chicas caminaron
de prisa por el centro
comercial hasta llegar a la
tienda. En ese momento,
Nicki Anderson estaba
terminando su
reportaje en vivo.

—Esto es todo por el momento —dijo
Nicki despidiéndose frente a la cámara.
La reportera llevaba una gorra de béisbol
con un logotipo de Jack Escarcha—. Y
no olviden que Circón Azul es la moda
del futuro.

Nicki terminó el reportaje y le entregó
el micrófono al camarógrafo. Entonces,
vio a Raquel y Cristina.

—Hola de nuevo —dijo sonriendo—.
Gracias por ayudarme esta mañana.
Siento no poder quedarme a conversar

un rato, pero ahora debo entrevistar a Emma McCauley para la revista *Al día con la moda de El Surtidor*. ¿Me pueden decir qué hora es?

—Las once y cuarto —respondió Raquel.

Nicki puso cara de asombro.

—¡Ay, no! Tengo quince minutos de retraso —exclamó—. Iba en camino a encontrarme con Emma, pero el equipo de Circón Azul me interceptó. Chicas, ¿podrían ayudarme a llevar mis cosas al quiosco de la prensa? Tal vez Emma me esté esperando allí.

—Por supuesto —dijo Raquel.

Nicki recogió su bolso y le entregó su abrigo a Cristina y su cuaderno a Raquel. Luego las tres salieron corriendo entre la multitud.

—¿Has visto a Emma McCauley? —preguntó Nicki a una mujer cuando llegaron al quiosco—. Se me hizo tarde para la entrevista.

—Estuvo aquí —respondió la mujer—, pero se fue al parque con otro periodista que la quería entrevistar.

—¡Caramba! —suspiró Nicki—. Ojalá Emma tenga tiempo para hablar conmigo porque realmente necesito esa

entrevista. Será mejor que llame a mi jefe y le diga lo que está pasando.

—¿Por qué no vamos a buscarla? —sugirió Cristina amablemente.

—¿Ustedes podrían hacerlo? —preguntó Nicki mientras sacaba su teléfono—. ¡Eso sería genial!

Raquel y Cristina salieron corriendo del centro comercial.

—¡La mala suerte de Nicki se debe a que mi pluma mágica está extraviada! —dijo Alexa—. Ustedes

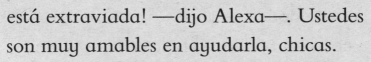

son muy amables en ayudarla, chicas.

—Espero que no se meta en problemas

con su jefe —comentó Raquel mirando alrededor del enorme jardín—. Me pregunto dónde podría estar Emma.

—Sería más fácil encontrarla si pudiéramos volar —dijo Cristina.

—¡Eso es justo lo que iba a decir! —agregó Alexa con una sonrisa.

Las chicas se agacharon detrás de un arbusto. Entonces, el hada salió del bolsillo donde estaba escondida y voló sobre las chicas. Con una pizca de polvo mágico de su varita,

Raquel y Cristina se convirtieron también en hadas.

Luego, las tres comenzaron a revolotear buscando por todo el parque. Volaron sobre las copas de los árboles y el lago, pero no hallaron ni rastro de Emma. Un rato después, Raquel divisó un quiosco, medio oculto entre los árboles.

—¡Allí está Emma! —dijo Raquel—. Está con el otro reportero.

Mientras se acercaban, Raquel notó que Emma estaba mostrando su cuaderno de bocetos y algunas muestras de tela. Pero entonces, Cristina alcanzó a ver al reportero. Vestía un traje de retazos Circón Azul y enormes zapatos de color índigo.

—¡Es un duende! —dijo Cristina.

¡Y en su enorme mano verde tenía la pluma mágica de Alexa!

La cólera de Jack Escarcha

—¡Miren! —dijo Cristina señalando la pluma.

—¡Tenemos que recuperarla! —exclamó Raquel mientras las tres aterrizaban en el techo del quiosco.

—Primero escuchemos lo que dice el duende —susurró Alexa llevándose un dedo a los labios—. Tenemos que pensar en un plan para recobrar mi pluma, pero esperemos a que termine la entrevista.

—Tus diseños de moda lucen bien —le decía el duende reportero a Emma—, ¡pero se ven ridículos con esa cantidad de colores!  La ropa luciría mucho mejor si fuera solo en tonos de azul.

—Me gusta el azul, pero prefiero usar diferentes colores —respondió Emma cortésmente.

—¡Bah! —resopló el duende—. ¡Tonterías! El azul es el mejor color del mundo. ¿Por qué no te unes al equipo de Circón Azul y trabajas para nosotros? ¡Después de todo, estamos creando la moda del futuro!

Raquel y Cristina se miraron.

—¿No les parece un grosero? —dijo
Raquel en voz baja—. Los diseños de
Emma son bonitos y cómodos… ¡no
como los de Circón Azul!

—Pobre Emma —suspiró Cristina—.
Ella es muy amable, pero seguramente
está un poco molesta —dijo, y de pronto
su rostro se iluminó—. ¡Ay! ¡Se me
acaba de ocurrir una idea!

—exclamó—. Pero
primero tengo que
volver a ser de mi
tamaño.

Al instante,
las tres amigas
volaron del techo
del quiosco hasta
detrás de un árbol

cercano. Una explosión de chispas brillantes salió de la varita de Alexa, y Cristina volvió a ser de tamaño normal. Un segundo después, ya se acercaba al quiosco donde tenía lugar la entrevista.

—Perdón por la interrupción —dijo Cristina—, es que Nicki, la periodista del centro comercial, está esperando a Emma para otra entrevista.

El duende miró enojado a la chica, pero Emma se puso de pie de inmediato y Cristina notó cierto alivio en su rostro.

—Gracias por avisarme —le dijo Emma a Cristina—. Y muchas gracias por la entrevista —añadió sonriéndole al duende.

El duende no le devolvió la sonrisa.

—¡No se puede ir todavía! —comenzó a protestar.

Pero Emma ya se alejaba.

Al instante, Raquel y Alexa se unieron a Cristina en el quiosco. Cuando el duende las vio, chilló de rabia.

—¡Hadas imprudentes! —gritó intentando seguir a Emma, pero Cristina le cerró el paso.

—Nos gustaría que nos devolvieras la pluma mágica de Alexa, por favor —dijo la chica con firmeza.

—¡Jamás! —gritó el duende.

Raquel y Alexa revolotearon alrededor del duende, tratando de distraerlo, pero este agitó las manos frenéticamente para ahuyentarlas.

Mientras tanto, Cristina intentaba agarrar la pluma mágica.

—¡PAREN! Un grito lleno de rabia hizo que todos se detuvieran y miraran a su alrededor. La voz provenía de Jack Escarcha, que se dirigía al quiosco. Vestía un traje de Circón Azul.

Y al igual que Emma, llevaba un cuaderno de bocetos y un libro con muestras de tela.

—Es Jack Escarcha —dijo Cristina sin poder creerlo—. ¡Rápido, escóndanse!

Las hadas volaron a ocultarse en el techo del quiosco.

—¿Ahora tienes miedo? —le dijo el duende a Cristina sonriendo.

Jack Escarcha estaba hecho una furia. ¡Se veía verdaderamente molesto! Pero no con Cristina sino… ¡con el duende!

—¿Qué estás haciendo? —rugió.

El duende saltó del susto.

—Humm… estaba entrevistando a… —comenzó.

—¿Qué haces con la pluma mágica entrevistando a esta diseñadora tonta?

—preguntó Jack Escarcha, señalando a Cristina—. Se supone que me entrevistes a mí sobre Circón Azul —dijo, y se volteó hacia Cristina—. ¡Y tú, lárgate ya!

Cristina salió a toda velocidad del quiosco y se escondió detrás de un árbol donde podía escuchar la conversación. Raquel y Alexa se le unieron.

—Si no puedes
hacer bien
el trabajo,
lo haré yo
mismo —dijo
Jack Escarcha.

Entonces, sacó la
varita y lanzó una
descarga de magia helada.

La pluma de Alexa salió volando de la
mano del duende y fue a parar al bolsillo
de la chaqueta de Jack Escarcha.

Cristina, Raquel y Alexa se miraron
sin saber qué decir. Ahora, ¿cómo
podrían recuperar la pluma mágica?

¿Alguien tiene una pluma?

Jack Escarcha le ordenó al duende que desapareciera de su vista, y el duende se alejó de mala gana pateando con frustración los montones de hojas de otoño.

Entonces, Jack se sentó en un extremo de uno de los escalones que conducían al quiosco, sacó la pluma mágica, un cuaderno y se aclaró la garganta.

—¡Sr. Escarcha, usted es obviamente un sujeto muy talentoso! —se dijo a sí mismo con voz profunda y admirativa—. ¿Podríamos ver sus maravillosos bocetos y algunas muestras de tela? —Jack Escarcha se deslizó hacia el otro extremo del escalón—. Por supuesto que sí —dijo con su voz de siempre, y sonrió jactanciosamente mientras abría el cuaderno de bocetos—. Como pueden ver, todos mis diseños tienen un logotipo con mi silueta.

—Jack Escarcha se está entrevistando a sí mismo —susurró Cristina, conteniendo la risa al igual que Raquel y Alexa.

—Son unos diseños

verdaderamente admirables, Sr. Escarcha
—dijo cambiando de asiento y de voz—.
¿En qué se inspira para las creaciones de
Circón Azul?

Entonces, Jack se volvió a deslizar al
otro lado del escalón.

—Bueno, yo, la verdad… —dijo con
una sonrisa de satisfacción—. Soy tan
apuesto que me inspiro en mí mismo.

—Jack Escarcha acaba de darme una
idea —murmuró Raquel—. Creo
que sé cómo podemos recuperar la
pluma. Alexa, ¿me puedes poner
de mi tamaño otra vez?

—Por supuesto —dijo el hada.

—Pero tengo que estar vestida
de Circón Azul —añadió Raquel.

Cristina vio como una
explosión de polvo mágico

devolvía a Raquel a su tamaño normal, aunque ahora llevaba un traje de Circón Azul: pantalones cubiertos de manchas azules en forma de diamantes y una enorme camiseta con el logotipo de Jack Escarcha. Cristina no pudo evitar echarse a reír.

Raquel miró fijamente a su amiga.

—¡Es tu turno, Cristina! —declaró.

Alexa agitó la varita y al momento Cristina también vestía de pies a cabeza un extravagante traje azul: una chaqueta abotonada en la espalda, pantalones de payaso y una gorra de béisbol con una enorme visera. Esta vez fue Raquel quien soltó una carcajada.

Luego, les contó su plan a Cristina y a
Alexa. El hada no perdió un segundo en
esconderse bajo la gorra de Cristina.

De pronto, las chicas salieron de detrás
del árbol.

—¡Mira! —gritó Raquel como si
estuviera muy
emocionada—.
¡Allí está
el famoso
diseñador de
Circón Azul!
Jack Escarcha
la oyó y miró
hacia ellas.

—¡Ay, sí! —dijo
Cristina—. Vamos a decirle lo mucho
que nos gustan sus fabulosos diseños.

Las chicas corrieron hacia el quiosco.

Jack Escarcha se puso de pie y les dio la bienvenida con una sonrisa amable.

—Ya veo que les gustan mis creaciones —dijo mirándolas emocionado.

—¡Tiene mucho estilo! —soltó Cristina.

—Ya tiramos toda la ropa de nuestro clóset —dijo Raquel.

—A partir de ahora solo vamos a usar ropa de la marca Circón Azul —añadió Cristina.

Jack Escarcha asintió.

—Es lo que hará muy pronto todo el mundo —afirmó con orgullo—. Ahora mismo estoy en una entrevista para promocionar mis diseños.

Raquel y Cristina miraron alrededor del quiosco.

—¿Pero dónde está el periodista? —preguntó Cristina.

—Me estoy entrevistando yo mismo —explicó Jack Escarcha—. Pero no es fácil —añadió con un suspiro.

—Tal vez podríamos ayudarlo —sugirió Raquel—. ¡Sería un honor tan grande!

—Y le diríamos al mundo entero lo espectacular que es Circón Azul —dijo Cristina.

—¡Excelente idea! —contestó Jack Escarcha con una sonrisa autosuficiente—. Pero solo me pueden entrevistar si les digo qué preguntas deben hacer.

—¡Perfecto! —dijo Raquel, y se volvió hacia Cristina—. ¿Tienes una pluma? —preguntó.

—¡No, lo siento! —respondió Cristina negando con la cabeza.

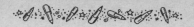

—Yo tampoco —dijo Raquel frunciendo el ceño. Entonces miró a Jack—. ¿Me podría prestar su pluma?

Jack Escarcha vaciló. Raquel esperó pacientemente su respuesta, intentando no parecer nerviosa. ¿Funcionaría su plan?

Chicas en la mira

Jack Escarcha frunció el ceño.

—Bueno —murmuró a regañadientes—, supongo que sí. Pero la quiero de vuelta tan pronto haya terminado la entrevista.

Jack Escarcha le entregó la pluma a Raquel, y la chica suspiró aliviada. En ese momento, Alexa salió volando de debajo de la gorra de Cristina hasta donde estaba

Raquel. Jack Escarcha dio un grito de rabia, pero todo sucedió tan rápido que no le dio tiempo a nada. En el mismo instante en que Alexa tocó la pluma, esta se redujo y el hada la guardó en su bolso.

—¿Se creen inteligentes? —vociferó Jack Escarcha pegando una patada en el suelo—. ¡Pero no me van a detener! Todavía me quedan tres objetos mágicos de las hadas y pronto Circón Azul invadirá el mundo entero —agregó, y salió corriendo lleno de rabia.

—Chicas, no sé cómo

agradecerles —dijo
Alexa sonriendo—.
Bueno, lo primero que
haré es cambiarles esa
horrible ropa.

El hada apuntó su varita hacia las
chicas y en un instante las dos estaban
vestidas como antes.

—Gracias, Alexa —dijo Cristina con
una sonrisa—. ¡Apenas podía ver por
dónde caminaba con esa enorme gorra
de béisbol!

—Debo regresar de prisa al Reino de
las Hadas y compartir la buena noticia
con todo el mundo —dijo Alexa
alegremente—. Ahora los reporteros
de moda podrán escribir sobre las
maravillosas colecciones de ropa de este
otoño y no solo sobre Circón Azul.

Adiós, chicas. ¡Me encantaría ver su revista de moda cuando esté terminada!

Y diciendo esto, Alexa desapareció en una nube de polvo mágico.

—¡Por poco! —dijo Cristina soltando un suspiro mientras caminaba de prisa con su amiga hacia el centro comercial—. Pensé que Jack Escarcha no nos prestaría la pluma de Alexa.

—Yo también —dijo Raquel—. Mejor vayamos directamente al quiosco de la prensa. Es hora de encontrarnos con mi papá.

—¿Habrá podido Nicki entrevistar a Emma? —dijo Cristina.

Cuando las chicas llegaron al quiosco de la prensa, Nicki estaba entrevistando a la diseñadora, y las rodeaba una multitud de personas. El Sr. Walker estaba entre ellas, así que Raquel y Cristina fueron a reunirse con él.

—¿Qué le parece la nueva marca Circón Azul? —le preguntó Nicki a Emma.

—Bueno, su diseñador tiene algunas ideas novedosas —respondió Emma con

cautela—,
pero el color
azul no le va
bien a todos.
Pienso que lo
mejor es que cada cual elija lo que quiere
usar, según lo que mejor le quede.

Nicki asintió.

—¿Y nos puedes hablar del concurso de
diseño del día de ayer? —preguntó.

—Buscábamos diseños para el desfile
de moda al final de la semana —explicó
la diseñadora—. Queríamos creaciones
originales, con imaginación y talento.

—Justo en ese momento, Emma divisó a
Raquel y a Cristina entre la multitud—.
¿Le gustaría entrevistar a dos de las
ganadoras, Nicki? —preguntó mientras
les hacía un gesto a las chicas.

Cuando Raquel y Cristina se acercaron, el público comenzó a aplaudir y el Sr. Walker sonrió orgulloso.

—Entonces, chicas, ¿qué tal se sintieron al ganar el concurso? —preguntó Nicki con una sonrisa.

—¡Estupendo! —dijo Cristina bajito.

—¡Fantástico! —añadió Raquel sin una gota de timidez.

—Cuéntennos de sus diseños —dijo Nicki.

Raquel describió brevemente los jeans con el diseño del arco iris y Cristina habló sobre el vestido de pañuelos. La periodista y los espectadores parecían muy interesados.

—Gracias, chicas —dijo Nicki—. ¡Esperamos verlas modelar sus diseños en el desfile!

El público aplaudió, y Raquel y Cristina se miraron sonrientes. Estaban muy contentas de haber encontrado cuatro de los objetos mágicos

de las hadas, pero sabían que el desfile sería un desastre si no descubrían a tiempo el paradero de los tres objetos restantes. Hasta que no aparecieran, la moda, tanto en el mundo de los humanos como en el de las hadas, estaba en peligro. ¡Así que aún les esperaban aventuras emocionantes!

RAINBOW magic™

LAS HADAS DE LA MODA

Cristina y Raquel ayudaron a Alexa
a encontrar su pluma mágica.
Ahora les toca ayudar a

Jennifer,
el hada estilista

Lee un pequeño avance del siguiente libro…

Sorpresa en el salón

Cristina Tate y su mejor amiga, Raquel Walker, se miraban entusiasmadas en los espejos del salón. Estaban sentadas una al lado de la otra, esperando su turno para cortarse el cabello en el salón más popular de la ciudad: Bellísima.

—¿Qué se van a hacer, chicas? —preguntó Blair, el peluquero principal.

—Yo solo quiero cortarme las puntas —dijo Cristina.

—¿Y tú, Raquel? —preguntó Clara, la otra peluquera—. ¿Quisieras hacerte algo más atrevido?

Los ojos de Raquel brillaban mientras miraba a Clara en el espejo.

—Me encantaría tener un montón de trencitas por toda la cabeza —dijo—. ¿Podrías hacer eso?

—No hay nada que Clara no pueda hacer con el pelo —dijo Blair sonriendo—. ¡Manos a la obra!

Las chicas miraron el carrito que tenían entre sus sillones. Estaba lleno de tijeras especiales, peines, cepillos, hebillas, diademas y accesorios preciosos. Levantaron la vista y sonrieron.

—Me encanta que me peinen —dijo

Raquel—. ¡Y más cuando estoy tan bien acompañada!

Cristina estaba pasando las vacaciones con Raquel y, como un regalo especial, la Sra. Walker las había llevado al nuevo salón del Centro Comercial El Surtidor. En ese momento, la Sra. Walker leía una revista mientras esperaba su turno, porque esa noche iría a una fiesta con el Sr. Walker.

—El Surtidor es el mejor de todos los centros comerciales —dijo Cristina—. ¡Qué suerte que hayamos podido venir todos los días desde que abrió!